Über den Autor:
Herbert Glaser, geboren 1961, arbeitet als Sounddesigner bei einem Münchner Fernsehsender.

Nach erfolgreichem Abschluss eines einjährigen Online-Kurses über das Verfassen von Kurzgeschichten schreibt er regelmäßig eigene Texte.

Einige seiner Erzählungen wurden bereits in Anthologien veröffentlicht.

Im September 2018 konnte er die Monatsausschreibung und die Ideenwertung des Schreiblust-Verlages gewinnen.

Er ist Vater von drei erwachsenen Kindern und lebt mit seiner Frau nördlich von München.

NEUSTART ist sein erster Roman.

Herbert Glaser

NEUSTART

Eine gescheiterte Existenz.
Ein schrecklicher Unfall.
Ein Neubeginn?

www.tredition.de

© 2019 Herbert Glaser

Umschlaggestaltung: Herbert Glaser

Lektorat: Petra Hennebach

Verlag und Druck: tredition GmbH, Hamburg

ISBN
Paperback: 978-3-7482-1661-2
Hardcover: 978-3-7482-1662-9
e-Book: 978-3-7482-1663-6

PROLOG

Nachdem sein Wagen das Brückengeländer durchbrochen hatte, nahm Pascal Weber die Hände vom Lenkrad, schloss die Augen und lehnte sich zurück. Wie aus einem U-Boot glitt das Scheinwerferlicht durch die Dunkelheit der Nacht. Dabei beleuchtete es eine Gruppe von Bäumen, die nichts ahnten von der bevorstehenden Katastrophe.

Teil 1

Der Tsunami in seinem Kopf riss alle Gedanken fort. Die gigantische Welle brach an den Küsten des Bewusstseins, wich wieder zurück und bildete einen unendlichen Ozean aus Erinnerungen und Emotionen.

Berührungen.
Zupackend. Grob. Kalt.

Hände und Maschinen pumpten Blut und Sauerstoff durch den leblosen Körper.
Blitze durchzuckten ihn.

Dem Chaos entrissen stieg er unaufhaltsam empor und trieb unter der schäumenden Oberfläche seines Verstandes dahin.

Gefangen in einem Nebel aus Schmerz- und Narkosemitteln.

Schläuche saugten Flüssigkeiten aus seinem Körper ab, als wollten sie sich von ihm ernähren.

Messgeräte überwachten Blutdruck, Puls, Sauerstoffsättigung, Körpertemperatur und Gehirnströme. Eine Lungenmaschine, rasselnd wie ein alter Schiffsdiesel, pumpte unablässig.

Rhythmische Lebensbewahrer, die alle ihrem eigenen Takt folgten.

Der Missklang der Geräte drang nur gedämpft zu Laura durch, während sie ausdruckslos durch eine Scheibe der Intensivstation starrte.

„Er wird also durchkommen", bemerkte sie mehr zu sich selbst als zu dem Arzt, der hinter ihr stand.

„Ja", bestätigte der ruhig, „Sein Zustand war wegen innerer Verletzungen lange kritisch. Nach der Notoperation ist er aber außer Lebensgefahr. Welche Langzeitfolgen durch den Trümmerbruch des Beines bleiben, ist noch nicht abzusehen. Die Kopfverletzungen sind zum Glück weniger gravierend, er sollte daher bald zu Bewusstsein kommen."

„Schön." Abrupt machte Laura auf dem Absatz kehrt, als wollte sie weiteren Ausführungen des Mediziners zuvorkommen. Sie bemerkte seine leichte Irritation.

„Das ist wirklich eine gute Nachricht", schob sie fast schuldbewusst hinterher. „Es ist nur ... ich habe damit nichts mehr zu tun. Wir sind seit über sechs Monaten geschieden."

Mit unbewegter Miene sah er sie an.

„Mir ist unklar, warum *ich* angerufen wurde."

„Das ist einfach zu erklären", erwiderte er mit nun deutlich distanzierterer Tonlage, „im Portemonnaie hat man eine Notiz von ihm gefunden."

Laura hob fragend die Hände.

„Er wollte, dass Sie bei einem Notfall benachrichtigt werden ... *ausschließlich* Sie!"

Sie lachte kurz auf. „Das sieht ihm ähnlich."

Der arktische Blick des Arztes nötigte ihr eine Rechtfertigung ab.

„Sie halten es für eine sentimentale Geste? Glauben Sie mir, es ist nur eine weitere Gemeinheit mir gegenüber."

Mit einer Handbewegung wischte sie das Thema beiseite, sah ein letztes Mal zu ihrem verschlauchten Ex-Mann und ging zur

Tür. „Danke Doktor Fiedler, ich informiere jetzt unseren Sohn."

Roman lief durch kahle Flure, die kein Ende zu nehmen schienen. Hinter Deckenverkleidungen verborgene Leuchten spendeten neutralweißes Licht. Irritiert blieb er vor einer Durchgangsschleuse mit der Aufschrift *IMC* stehen. Als er gerade umkehren wollte, näherte sich eine Krankenschwester mit schnellen Schritten.

„Entschuldigung ...“

Wortlos ging die Schwester an Roman vorbei.

„Entschuldigen Sie bitte ... ich suche meinen Vater.“

Sie öffnete hastig eine Tür, während sie sich zu ihm umdrehte. „Ihren Vater?“

„Pascal Weber ... er hatte ein Verkehrsunfall.“

„Weber ... ach ja ... warten Sie ... bin gleich bei Ihnen.“

Einige Minuten später passierten beide die Durchgangschleuse.

„Liegt er nicht mehr auf der Intensivstation?"

„Wir befinden uns hier im sogenannten *Intermediate Care-Bereich*, der Bindeglied zwischen Intensivpflegestation und Normalstation ist. Ihr Vater atmet wieder selbstständig, sein Zustand ist stabil. Die Ärzte haben entschieden, ihn hierher zu verlegen, wo er weiterhin lückenlos überwacht wird."

Roman zupfte imaginäre Fussel vom Ärmel. „Aber er ist noch nicht aufgewacht?"

Die Schwester schüttelte den Kopf und deutete auffordernd zur Tür.

Zögernd drückte der junge Mann die Klinke hinunter und betrat das Zimmer. Ein Sonnenstrahl lugte durch die halb geöffnete Jalousie und warf gelbe Streifen in den Raum, der mit modernster Technik ausgestattet war. Auf einem Vitaldatenmonitor wurden Kurven und Ziffern vor dunklem Hintergrund laufend aktualisiert.

Roman trat an das Krankenbett. Aus dem linken Bein ragte ein *Fixateur externe*, ein mit Schrauben fixiertes Metallgestänge.

„Man hat mir gesagt, dass niemand weiß, warum mein Vater noch nicht aufgewacht ist. Wie lange kann so etwas dauern?"

Er nahm auf einem der Besucherstühle Platz.

Die Schwester, auf deren Namensschild *Silvia* stand, sah auf ihre Armbanduhr, atmete tief durch und setzte sich Roman gegenüber. Sie strich eine Haarsträhne hinters Ohr. „Manche Patienten wachen nach wenigen Tagen auf, andere bleiben jahrelang im Koma. Auch wenn es aus Sicht der

Neurologen im Moment keine Anzeichen gibt, muss man doch einen Hirnschaden in Betracht ziehen."

„Was kann man denn tun?"

„Sind Sie ein religiöser Mensch?"

Der junge Mann rutschte unruhig auf dem Stuhl hin und her. „Ich war schon lange nicht mehr in einer Kirche."

„Wenn Sie nicht mit Gott reden können, sprechen Sie zumindest mit Ihrem Vater."

Roman sah sein Gegenüber fragend an.

„Er sollte daran erinnert werden, dass er hier draußen ein Leben hat und jemand auf ihn wartet."

„Wie ...?"

„Er hat sich an einen dunklen Ort verirrt. Sie müssen Ihre Stimme gebrauchen wie einen Leuchtturm, damit er aus der Finsternis zwischen den Welten zurückfindet."

Silvia stand auf und machte ein paar Schritte.

„Ich habe gelernt, Komapatienten beim Namen zu nennen, immer und immer wieder. Dabei denke ich an eine Strickleiter aus Buchstaben, quasi eine Rückholleine, die ich dem Patienten zuwerfe."

„Das klingt ... schön. Aber reicht es aus, nur mit ihm zu sprechen?"

„Das kann niemand vorhersagen. Man sollte alle Möglichkeiten ausschöpfen und in erster Linie den Geruchssinn mit einbeziehen. Die stärkste Anziehungskraft auf die in der Dunkelheit verlorenen Seelen hat der Duft. Bevor Sinneseindrücke von uns verarbeitet werden, müssen sie den Thalamus passieren, das sogenannte *Tor zum Ich*. Komatöse Menschen können uns aber weder fühlen noch hören, wenn dieser Thalamus beschädigt ist. Düfte gelangen dagegen direkt ins limbische System, wo Gerüche mit Emotionen gekoppelt sind. Bekannte Aromen setzen oft Erinnerungen frei."

Silvia nahm erneut gegenüber Roman Platz und sah ihm eindringlich in die Augen. „Erzählen Sie ihm nicht nur von Ihren gemeinsamen Erlebnissen, sondern bringen auch Gegenstände mit, die markante Ausdünstungen haben. Ein benutztes Kissen zum Beispiel, einen getragenen Pullover, ein Aftershave ... irgendetwas, das ihn mit seinem bisherigen Leben verbindet. Erinnerung ist Identität."

„Es ist nur", rang Roman um die passenden Worte, „mein Vater und ich ... wir hatten zuletzt kein gutes Verhältnis und seit einiger Zeit keinerlei Kontakt mehr. Ich bin mir nicht sicher, ob ich der Richtige bin ...“

„Was in Ihrer Familie vorgefallen ist, weiß ich nicht und geht mich auch nichts an. Da Sie hier sind, liegt Ihnen offensichtlich etwas an ihm. Dieser Schicksalsschlag ist womöglich die Chance für einen Neustart Ihrer Beziehung."

Verschwommene Lichter tanzten vor Webers innerem Auge, durchdringendes Rauschen betäubte den Kopf, salziger Geschmack lag ihm auf der Zunge.

„Das muss die Hölle sein", war der einzige Gedanke, den sein Gehirn hervorbrachte.

Einem zu schnell nach oben gestiegener Taucher gleich, durchstieß er die Oberfläche des Bewusstseins und trieb orientierungslos auf dem offenen Meer.

Doktor Fiedler betrachtete den Patienten, dann die Daten auf dem Monitor. Er schlug die Bettdecke zurück, strich über Webers Bein und löste einen Reflex aus.

„Es scheint tatsächlich, als ob sich sein Zustand verbessert. Vielleicht ist etwas zu ihm durchgedrungen. Was Sie auch getan haben, machen Sie weiter damit."

Der Anflug eines Lächelns huschte über Romans Gesicht. „Ich habe mit ihm gesprochen, wie Schwester Silvia es mir geraten hat ... ihm von unserer gemeinsamen Zeit erzählt, als ich ein Kind war ... und die Familie intakt. Eine Flasche des Rasierwassers, das er immer benutzt, steht offen neben seinem Bett."

„Das ist gut. Es fehlt meiner Meinung nach nur ein letzter entscheidender Impuls. Vergleichbar einem Schlag auf den Kopf - natürlich nur im übertragenen Sinn.

Die Konfrontation mit einem einschneiden-
den Erlebnis, auch einem unangenehmen,
könnte alles ändern."

Aus einer tragbaren Stereoanlage erklang Musik. Vor Romans geistigem Auge perlten die Noten an den Wänden aufwärts und regneten auf den Schlafenden hinab.

Behutsam, wie man ein Baby zur Nachtruhe bettet, hielt er einen Damenpullover an die Nase des Vaters und legte ihn neben dessen Kopf auf das Kissen.

Nach wenigen Augenblicken begannen Webers Augäpfel von einer Seite zur anderen zu wandern, wie Käfer unter einem Spannbettlaken. Ein Stimmfetzen schlüpfte aus seinem Mund.

Ein Teil des ruhelosen Verstandes stocherte in der Leere herum wie die Zunge im Loch eines gezogenen Zahns, gefangen hinter einer undurchsichtigen Milchglasscheibe. Der andere Teil versuchte, aus dem Knäuel der rasenden Gedanken etwas Sinnvolles herauszulösen. Eindrücke überfluteten sein Gehirn. Die Vergangenheit krümmte sich in alle Richtungen, Abläufe gerieten durcheinander und formten sich auf zufällige Weise immer wieder neu.

Roman und eine diensthabende Schwester musterten den komatösen Patienten. Sie beobachteten flatternde Lider, einen unruhig hin und her drehenden Kopf und Lippen, die scheinbar Wörter formen wollten.

„Man hat mir geraten, einen Impuls zu setzen. Ich habe einen getragenen Pullover von meiner Mutter mitgebracht." Er deutete auf die Musikanlage. „Das lief als Untermalung bei ihrer standesamtlichen Trauung. Ich hoffte, die Erinnerung an ihre gescheiterte Beziehung könnte etwas bewirken."

„Es scheint zu funktionieren." Die Schwester lächelte ihm aufmunternd zu.

Er beugte sich hinunter. „Vater ... kannst du mich hören ... ich bin es."

Nach einer gefühlten Ewigkeit begann der Angesprochene zu blinzeln, sah erst zu

Roman, dann zur Schwester und wieder zu seinem Sohn.

„Wo bin ich?", fragte er kaum hörbar, „Was ist passiert?"

„Im Krankenhaus, weil du einen Unfall hattest ... erinnerst du dich?"

Hinter Webers Stirn arbeitete es fieberhaft. Plötzlich riss er die Augen auf, starrte Roman wutentbrannt an. „Du ... was willst du hier?" Die Worte brachte er nur krächzend hervor.

Roman wich zurück und sah die Schwester hilfesuchend an.

„Beruhigen Sie sich, Herr Weber ... Sie lagen im Koma und ..."

„Verschwinde!" Die Stimme brach wie ein morscher Zweig, der Körper zuckte unkontrolliert. Elektronische Sensoren lösten sich, die Monitordiagramme fielen zu einem Strich zusammen.

Verzweifelt blieb Roman noch einen Moment stehen, dann stürmte er aus dem Zimmer.

„Und lass dich nie mehr hier blicken!", schnarrte sein Vater mit letzter Kraft hinterher.

Kopfschüttelnd ging auch die Schwester nach draußen. „Ich hole den Doktor."

„Werde ich sterben?" Flehentlich packte Weber den Arm des Arztes.

Der musterte seinen Patienten von oben herab. „Sie haben bereits angeklopft und wurden abgewiesen. Ich bezweifle, dass man Ihnen diesmal aufmachen wird."

„Ich will diese Psycho-Kacke nicht. Lassen Sie mich einfach in Ruhe!" Weber war inzwischen in ein Zimmer der Normalstation verlegt worden.

Der Arzt, der am Fußende des Klinikbettes stand, blieb demonstrativ ruhig. „Wir vom psychologischen Dienst bieten in Zusammenarbeit mit den behandelnden Ärzten Unterstützung für Menschen an, die ein traumatisches Erlebnis hatten."

Weber verdrehte die Augen.

„Ich kann Sie zu nichts zwingen. Für Ihre Genesung - die körperliche *und* die seelische - wäre es aus meiner Sicht jedoch ausgesprochen hilfreich, wenn Sie das Geschehen aufarbeiten würden." Erwartungsvoll sah er den Patienten an. „Möchten Sie über den Unfall sprechen?"

„Wie oft soll ich noch sagen, dass ich mich an nichts erinnern kann?"

„Sie lagen einige Wochen im Koma und kamen erst vor Kurzem zu Bewusstsein. Das Gedächtnis sollte allmählich zurückkehren, zumindest teilweise."

Der Psychologe machte eine Pause. „Sie hatten weder Alkohol noch Drogen im Blut, am Unfallort gab es keinerlei Bremsspuren. Das hat die Polizei bestätigt. Können Sie erklären, wie es zu diesem Unglück kam?"

„Schon mal was von Sekundenschlaf gehört?" Weber schloss die Augen. „Ich bin müde und will jetzt meine Ruhe haben!"

„Machen Sie Ihre Übungen mit mehr Elan, sonst werden Sie keinerlei Fortschritte erzielen." Der Physiotherapeut sprach mit gedämpfter Stimme, um die anderen Personen in dem großen, mit unterschiedlichsten Trainingsgeräten ausgestatteten Raum nicht zu stören. Mit vorwurfsvollem Blick bedachte er seinen auf dem Rücken liegenden Patienten.

„Bis jetzt habe ich nicht viel bemerkt von irgendwelchen Fortschritten." Mürrisch starrte Weber an die Decke.

„Das wäre auch ein medizinisches Wunder. Der Fixateur wurde erst vor wenigen Tagen entfernt, was erwarten Sie?"

„Na, immerhin musste ich schon in den letzten Wochen Übungen machen ... trotz dieses Ungetüms an meinem Bein."

„Das ist gut so, je früher man mit dem Training beginnt, desto besser. Außerdem ist es wichtig, die nicht ruhig gestellten Gelenke in Bewegung zu halten. Bedenken Sie die Schwere Ihrer Verletzung. Das braucht Zeit, viel Zeit ... und Geduld. Nach Ihrer Verlegung in die Reha-Abteilung unserer Klinik, sind Sie hier in den besten Händen."

„Wie heißen Sie nochmal ... *Asyl*? Nie gehört. Der Name ist Programm, was? Ich nehme an, Ihre Eltern stammen aus Afghanistan oder sonst wo her und haben in Deutschland Asyl beantragt, stimmts?"

Vorsichtig ließ der Angesprochene, der seine schulterlangen Haare zu einem Pferdeschwanz gebunden trug, Webers Bein auf die Liege sinken und rückte die Brille zurecht.

„Wir kommen aus der Türkei, nicht aus Afghanistan oder sonst wo her. Meine

Großeltern haben kein Asyl beantragt, sondern kamen vor 50 Jahren in dieses Land, um zu arbeiten. Und ich heiße Asil, nicht Asyl. Das ist ein persischer Vorname mit hebräischen Wurzeln und bedeutet *Der Edle*".

Als Webers Blick von Asils Vollbart hinab zu den ausgetretenen Sandalen wanderte, konnte er ein spöttisches Grinsen nicht unterdrücken.

„Ein *edler Hippie* mit Jesuslatschen."

Betont gelassen machte der Therapeut eine ausladende Geste.

„Haben Sie sich mal umgesehen? Auch andere kämpfen um ihre Gesundheit. Der Junge dort drüben ..."

Widerwillig hob Weber den Oberkörper und stützte sich auf die Unterarme.

„... Rotationsfraktur im linken Arm. Absolviert alle Übungen, ohne zu jammern, trotz starker Schmerzen. Nebenbei paukt er den Schulstoff, den sie ihm online schicken ... möchte sein Abitur nicht versäumen. Tapferer Bursche."

Mit dem Kinn deutete er zu einem Trainingsgerät.

„Die Frau ist erst seit dieser Woche bei uns ... Meniskus-OP, Routineeingriff. Macht ambulante Reha. Das Training scheint ihr Spaß zu machen."

Konzentriert absolvierte die angesprochene Mittvierzigerin ihre Übungen. Sie bemerkte die zwei Männer und nickte lächelnd in ihre Richtung. Ertappt wandte Weber sich ab.

„Die Beiden könnte dem Typen da vorne als Vorbild dienen." Der Therapeut bedachte einen jungen Mann mit abschätzigem Blick. „Fußballprofi ... spielt in der Zweiten Liga. Kreuzbandriss. Hat es nicht eilig, fit zu werden. Offensichtlich kein Leistungsträger in der Mannschaft. Sein Verein wollte ihn verkaufen, heißt es zumindest. Nach der Verletzung haben sie den Vertrag verlängert ... aus Solidarität, wie sie sagen. Kriegt das Gehalt jetzt auch so." Asil zuckte mit den Schultern.

„Am schlimmsten hat es den dort drüben erwischt", fuhr er fort, „Querschnittslähmung ohne Aussicht auf Heilung. Für immer an den Rollstuhl gefesselt. Muss lernen, mit dem Ding umzugehen. Seine Frau und ihr kleiner Sohn besuchen ihn jedes Wochenende. Die Beiden helfen ihm, mit dem Unglück zurechtzukommen."

Durchdringend sah er seinem Patienten in die Augen.

„Gibt es Niemanden, der *Sie* unterstützt?"

Abrupt legte Weber sich auf die Behandlungsliege zurück. „Na los, machen Sie weiter, sonst werden wir heute überhaupt nicht mehr fertig."

Vernehmlich stöhnend kämpfte Weber sich auf zwei Krücken durch die Flure.

„Den kurzen Weg in Ihre Station schaffen Sie auch ohne fahrbaren Untersatz, und auf keinen Fall das verletzte Bein belasten", äffte er seinen Therapeuten nach. „Danke für den Tipp, da wäre ich nie drauf gekommen."

Fröhlich pfeifend schob Asil den Rollstuhl an seinem Patienten vorbei. „Das ist gutes Training. Ihr Auto steht in Ihrem Zimmer für Sie bereit – durchhalten!"

Verwünschungen ausstoßend kam Weber an zwei Automaten mit gekühlten Softdrinks und Snacks vorbei, die nur darauf warteten, ihre fett-, kalorien- und koffeinhaltigen Leckereien auszuspucken. Das Summen ihrer Ventilatoren schien mit dem leisen Zischen der Klimaanlage zu wetteifern. Vor den Getränken blieb er stehen und lehnte eine der Krücken an die Wand. „Endlich Cola, ich krieg den verdammten Tee nicht mehr runter", murmelte er, während er umständlich in den Taschen des Bademantels kramte. „Irgendwo habe ich doch Kleingeld ... ah, da ist es ja." Etwas zu schwungvoll nahm er die Hand heraus und stieß an die angelehnte Krücke. Bei dem Versuch, sie festzuhalten, entglitten ihm die Münzen und verteilten sich klimpernd auf dem Boden und unter den Automaten. „Mist, das darf nicht wahr sein", schimpfte er, wobei er Mühe hatte, auf dem gesunden Bein stehen zu bleiben.

„Kann ich helfen?"

Erschrocken wirbelte er herum und kam erneut ins Straucheln. Eine Hand packte ihn am Arm und verhinderte Schlimmeres.

„Schon gut, ich ...", presste Weber hervor, stutzte und deutete zurück zum Therapieraum. „Sie sind doch ..."

„Mein Name ist Lachner ... Evita Lachner."

„Lachner?" Weber kniff die Augen zusammen und zog die Stirn in Falten.

Evita wartete einen Moment. Als er weiter nichts sagte, hielt sie ihm die ausgestreckte Rechte hin. „Wir haben uns beim Training vorhin kurz gesehen."

Er ignorierte ihre Hand. „Die mit dem Meniskus, die so gerne trainiert?"

„Stimmt!" Evita verzog das Gesicht. „Die mit dem Meniskus. Asil ist überaus redselig, wie mir scheint. Und ja, die Übungen machen mir Spaß."

Weber antwortete mit einer ungläubigen Geste.

„Ich will so bald wie möglich gesund werden. Sie etwa nicht?"

„Gesund – wozu?", flüsterte er fast unhörbar und deutete zu den Getränken. „Ich wollte gerade ..."

Evita zückte eine Münze und fütterte damit den Getränkeautomaten. „Bevor wir beide auf dem Boden herumkriechen, um Ihr Geld einzusammeln, lade ich Sie ein. Cola, nicht wahr?"

„Haben Sie mich etwa belauscht?"

„Belauscht?", konterte sie den schroffen Ton, „Das Knie ist zwar verletzt, aber meine Ohren arbeiten ganz gut – hier, lassen Sie es sich schmecken!" Missmutig steckte sie die Dose in eine Tasche von Webers Bademantel.

Wortlos humpelte er seinem Zimmer entgegen.

Neben Evita blieb eine Krankenschwester vor den Automaten stehen und musterte das Angebot. Die Wahl fiel auf einen Schokoriegel.

„Hätte nicht gedacht, dass das medizinisch geschulte Personal dieses ungesunde Zeug konsumiert", grinste Evita.

„Ach wissen Sie", gab die Schwester kauend zurück, „die Folgen menschlicher Gelüste sind uns durchaus bekannt. Aber psychologisch ist es klug, ab und zu eine Ausnahme zu machen." Sprachs und schob den Rest des Riegels in den Mund.

„Darf ich Sie etwas fragen?"

Die Angesprochene hob zustimmend eine Hand.

„Kennen Sie den Patienten, der gerade hier war?"

„Weber? Ja, was ist mit dem?"

„Der ist ein bisschen seltsam, oder?"

„Seltsam? Ehrlich gesagt ist er ein echter Widerling.“

Evita hob die Augenbrauen. Ihr Gegenüber machte eine beschwichtigende Geste. „Entschuldigen Sie meine Offenheit. Asil ist der Einzige, der damit umgehen kann. Jeder andere hätte längst das Handtuch geworfen. Weber hat sogar seinen Sohn rausgeschmissen, als der ihn besuchen wollte.“

Evita stutzte und schüttelte den Kopf. „So ein ...“

„Genau ... aber ich habe schon genug ausgeplaudert. Angenehmen Tag, und ...“ Konspirativ flüsternd beugte sie sich zu Evita. „halten Sie sich von Weber fern ... er ist es nicht wert.“

Ein strahlend schöner Tag. Das Licht der Sonne vertrieb die letzten Wolken vom Himmel, umschmeichelte die Krankenhausfassade und tummelte sich in den Scheiben.

Ein aufgeweckter Junge kullerte jauchzend einen abschüssigen Hügel hinunter. Unten angekommen sprang er auf, lief zurück und umrundete dabei den Rollstuhl eines Mannes, bevor er die Aktion wiederholte.

Gerührt beobachtete Evita von einer Bank aus das Geschehen.

Schwester Silvia schlenderte auf sie zu. „Die Sonne macht keinen Unterschied, sie scheint für alle gleich: für die guten Menschen ...“ Sie nickte in Richtung des Jungen „... genauso für die Personen, die eher Sturm mit tagelangem Regenwetter verdient hätten.“ Ihr Daumen deutete zur

Fassade hinter ihrem Rücken „Ich muss wieder, meine Pause ist vorbei."

Weber stand am geöffneten Fenster im dritten Stock und suchte nach der Ursache der Ruhestörung. Gerade wollte er eine Schimpftirade beginnen, als der Mann seinen Rollstuhl wendete, um davonzurollen.

„Fang mich, Thomas!" Der Bub stürmte den Hügel hinauf. „Gleich habe ich dich, Papa." Augenblicke später hatte er den Vater eingeholt. Der klatschte in die Hände und fuhr mit Thomas auf dem Schoß zum Eingang der Klinik.

Weber wischte kurz über die Augen und schloss das Fenster.

Interessiert registriert von Evita.

„Darf ich Sie etwas fragen?"

„Natürlich, meine Lieblingspatientin darf alles fragen." Asil horchte seinem Satz lächelnd hinterher.

„Wissen Sie", erklärte Evita, „als Hobby schreibe ich gerne Geschichten. In erster Linie Kurzgeschichten. Eine hat sogar den Weg in eine Anthologie geschafft. Nun möchte ich einen biografischen Roman beginnen und suche eine geeignete Story mit interessanten Figuren."

„Ich fühle mich geschmeichelt." Asil grinste über beide Ohren.

„Oh, nein nein." Evitas Gesichtsfarbe nahm einen dezent rötlichen Ton an, „Ich hatte nicht an Sie gedacht, sondern ..."

Mit gespielter Empörung wandte er sich ab. „Wer könnte interessanter sein als ich?"

„Nun, also ... ich meine ... genaugenommen dachte ich an Herrn Weber."

Asils entgleiste Gesichtszüge mussten nicht gespielt werden.

„Dieser Unsympath? Das ist nicht Ihr Ernst!"

„Es ist doch so", versuchte Evita zu rechtfertigen, „gerade ambivalente Figuren machen Romane und Filme attraktiv. Denken Sie nur an Michael Douglas, der gerne zwielichtige Charaktere spielt. In *Falling Down* oder *Wall Street* zum Beispiel. Dafür hat er sogar einen Oscar bekommen."

Asil stand der Mund offen. „Jetzt vergleicht sie ihn auch noch mit Michael Douglas. Was ist denn bitte so unglaublich faszinierend an dieser Person?"

„Seine Vita ist nicht uninteressant. Die Firma vom Vater geerbt, erfolgreich umgebaut und neu aufgestellt. Dann aber wirtschaftlich übernommen, was zum Konkurs führte. Dazu private Probleme. Scheidung und das Zerwürfnis mit seinem Sohn. Am Ende der Unfall, von dem bis heute niemand weiß, was die Ursache war. Das kam alles in den Medien. Mit den dazugehörigen Hintergründen könnte ein spannendes Buch entstehen." Verschwörerisch zwinkerte sie Asil zu. „Sie können doch sicher ein *zufälliges* Zusammentreffen organisieren."

„Ich fürchte, Sie werden nichts Verwertbares erfahren."

„Sie nehmen an, er wird mir vieles verschweigen?"

„Ich denke, wie im Bezug auf das Unglück mit dem Auto wird er Probleme mit seinem Gedächtnis haben – absichtlich."

„Vermutlich haben Sie recht, trotzdem ist es mir das Risiko wert."

„Na dann viel Erfolg, aber glauben Sie nur die Hälfte von dem, was er Ihnen erzählt."

„Welche Hälfte meinen Sie?"

„Das müssen Sie selbst heraus finden."

„Ein Buch über mich, wie ich durch die Gegend humple ... lächerlich!" Weber spie die Worte förmlich aus.

„Ich hatte eher an eine umfassende Biografie gedacht ... mit dem Unfall als Höhepunkt und der Zeit danach. Die Leute lieben Geschichten, in denen jemand dem Schicksal trotzt und ins Leben zurückfindet."

Kopfschüttelnd drehte Weber den Kopf zur anderen Seite. „Asyl, wie lange muss ich hier noch ...?"

„Fünfzehn Minuten."

„Na toll!" Er schloss die Augen und absolvierte gelangweilt die Übung.

Enttäuscht beendete Evita ihr Programm, raffte Handtuch und Trainingsutensilien zusammen und wollte verschwinden, als Weber plötzlich hochfuhr. „Warum eigentlich nicht, es ist sowieso egal." Er beschenkte die überraschte Evita mit einem hintergründigen Lächeln. „Heute Abend … ich meine … ab morgen dürfen Sie mich alles fragen, was Sie wollen."

Zufrieden trainierte er weiter.

Nachdem die Besuchszeit vorbei und die Reste des Abendessens abgeholt waren, näherte sich Evita Webers Einzelzimmer. Sie lauschte an der Tür, hörte aber nur undefinierbare Geräusche. Vorsichtig drückte sie die Klinke herunter und lugte hinein. Die einzige Lichtquelle, eine schmutziggelbe Sicherheitsleuchte, schien das Dunkel eher aufzusaugen, als es zu bekämpfen.

Weber hatte den Tisch direkt unter das offenstehende Fenster geschoben und einen Stuhl davor gerückt, auf den er mit Hilfe der Krücken steigen wollte. Nach mehreren erfolglosen Versuchen gelang es ihm endlich. Schwer atmend und am ganzen Körper zitternd, legte er eine kurze Pause ein, um dann die Tischplatte anzuvisieren. Evita beobachtete das Geschehen von der geöffneten Tür aus, trat auf den Gang zurück und spähte in Richtung Schwesternzimmer. Kopfschüttelnd betrat sie erneut den Raum, schloss leise die Tür, rief energisch „Was soll das werden?", und betätigte den Lichtschalter.

Erschrocken verlor Weber den Halt und schaffte es gerade noch, den Sturz mit dem gesunden Bein abzufangen, bevor er der Länge nach auf den Boden krachte. Der Schmerz auf seiner linken Seite schoss hoch wie eine Straße Feuerameisen.

„Wer zum Teufel ...?" Er entdeckte Evita, rappelte sich mühsam auf und begann erneut hektisch, zum offenen Fenster zu klettern. „Was wollen Sie, lassen Sie mich in Ruhe!"

Evita stand nun hinter ihm und hielt seinen Arm fest.

„Das geht Sie überhaupt nichts an!", schrie er, während er erfolglos versuchte, dem Griff zu entkommen.

„Jetzt, da ich gesehen habe, was Sie vorhaben, geht es mich sehr wohl etwas an!"

„Helfen Sie mir lieber, dem Elend ein Ende zu setzen."

„Helfen? Das könnte Ihnen so passen!"

Kraftlos sackte Weber auf den Stuhl und schlug die Hände vors Gesicht. „Warum lassen Sie mich nicht ...?"

Evita ließ los, zog einen zweiten Stuhl heran und setzte sich ihm gegenüber. „Ich habe in meinem Leben einen geliebten Menschen durch Selbstmord verloren. Auf keinen Fall werde ich zulassen, dass so etwas mit einer Person, die ich kenne, noch einmal geschieht."

„Und wie wollen Sie das anstellen ... mir von nun an auf Schritt und Tritt hinterherlaufen?"

„Ist Ihnen überhaupt klar, was passiert, wenn ich jetzt jemanden vom Personal rufe?"

Weber blieb regungslos.

„Sollte ich die Schwester holen, erfährt jeder von Ihrem Selbstmordversuch ... Ihrem zweiten, nicht wahr? Wissen Sie, was das heißt?"

Eine Ahnung beschlich ihn, mit bangem Blick fixierte er Evita.

„Klapsmühle!", konkretisierte sie trocken."

„Und wenn Sie niemanden informieren?", flehte er.

„Dann komme ich auf unser Gespräch von heute Nachmittag zurück."

„Wo soll ich anfangen?" Weber fläzte auf dem Sessel im Aufenthaltsraum, beide Beine auf einen Stuhl gebettet.

„Das überlasse ich Ihnen." Evita zückte Notizblock und Stift.

„Also", begann er mit monotoner Stimme, „geboren am 9. April 1961 in München. Schule, Abitur, Studium der Betriebswirtschaftslehre. Hochzeit, Geburt eines Sohnes, Scheidung. Dazwischen die Firma des Vaters übernommen und saniert."

Während er weiter belanglose Dinge herunterleierte, legte Evita die Schreibutensilien weg.

„Sie notieren ja gar nichts."

„Warum sollte ich etwas protokollieren, was bereits in den Zeitungen stand? Sie sind aufgrund Ihrer beruflichen Position eine öffentliche Person ... oder waren es zumindest lange Zeit."

„Ich habe mich nie um solche Schmiereien gekümmert. Was hat man denn alles geschrieben? Besorgen Sie mir mal einige dieser Artikel."

„Ich werde auf keinen Fall stundenlang Zeitungsarchive nach Berichten über Pascal Weber durchsuchen", gab sie genervt zurück, beruhigte sich jedoch gleich wieder, „aber ich kann Ihnen auf meinem Tablet-PC bis morgen entsprechende Links zusammenstellen."

Er setzte ein selbstgefälliges Grinsen auf. „Bin sehr gespannt."

Konzentriert studierte Weber die von Evita vorbereiteten Berichte und Kommentare. Auf Online-Portalen rief er Streams von früheren Beiträgen ab. Sein anfänglich arrogantes Auftreten wich mehr und mehr nachdenklicher Betroffenheit. „Nie habe ich Artikel über mich, meine Familie oder die Firma verfolgt. Bewusst nicht ... es war mir egal." Er legte eine Hand auf das Tablet. „Deshalb ist mir erst jetzt klar geworden, wie kritisch die Berichterstattung war und wie schlecht ich weggekommen bin."

Evita hielt seinem Blick stand. „Entspricht es denn der Wahrheit, was da zu hören und sehen ist?"

„Bis auf Nebensächlichkeiten ... leider ja. Die Kommentare zu meiner Person wirken allerdings richtig krass."

„Haben Sie nicht das Bedürfnis, Ihre eigene Sicht der Dinge in einem Buch darzulegen?"

Nachdenklich zuckte Weber mit den Schultern.

Teil 2

„Ihr habt euch also in einem Tanzkurs kennengelernt?" Evita saß an dem Tisch neben dem Krankenbett. Vor ihr lag das Tablet, daneben ein Schreibblock für ihre Notizen.

„Tanzkurs? Nicht ganz. Es war vielmehr einer dieser vornehmen Faschingsbälle, wo in den Tanzpausen verschiedene Faschingsvereine auftreten. Keiner von der Sorte, zu denen die Gäste verkleidet erscheinen müssen. Zum Glück, denn ich hasse Maskeraden. Es gab allerdings Anzugzwang."

„Also doch Maskerade", warf Evita schmunzelnd ein.

„So gesehen, ja. Ich war eingeladen, musste teilnehmen und wollte nur den Abend überstehen. Laura war als Bedienung für unseren Tisch zuständig. Sie hat alle Männer augenblicklich verzaubert, auch mich. Damit sie an meinen Platz kommt, bestellte ich immer wieder neue Getränke. Irgendwann fasste ich mir ein Herz und forderte sie zum Tanz auf, was sie natürlich ablehnte. Schließlich hatte sie einen Job und war nicht zum Vergnügen im Saal. Ich blieb jedoch hartnäckig und habe ihren Chef solange genervt, bis er uns eine Tanzrunde erlaubte. Dafür hat er in dieser Zeit Lauras Aufgaben übernommen."

„Da musst du ihn aber extrem genervt haben."

„Ein überdurchschnittliches Trinkgeld hat ihn überzeugt. Laura war schwer beeindruckt ... so fing alles an."

„Das klingt ausgesprochen romantisch."

„Das war es." Pascal nickte versonnen. „Keine vier Wochen später machte ich ihr den Antrag."

„Und nach der Vermählung auf Weltreise?"

„Eher eine Fernreise. Australien, Tasmanien und Neuseeland. Diese Länder wollte ich immer schon besuchen. Die Hochzeitsreise bot sich dafür an."

„Kam nicht bald darauf euer Sohn zur Welt?"

„Genaugenommen sind wir zu dritt zurückgekommen. Acht Monate später wurde Roman geboren."

„Ungefähr ein Jahr, bevor Roman sein Abitur machte, kam mein Vater auf mich zu. Ich arbeitete als Abteilungsleiter im Unternehmen, hatte aber nur einen überschaubaren Bereich zu betreuen. Im Grunde leicht verdientes Geld. Bis er mir aus Altersgründen die Leitung der gesamten Firma in Aussicht stellte. Mir war klar, dass diese Aufgabe irgendwann an mich herangetragen werden würde, schließlich hatte ich ein entsprechendes Studium absolviert. Aber das lockere Leben hätte gerne eine Weile andauern können. Von nun an beschäftigte ich mich ausschließlich mit der Vorbereitung auf den Generationenwechsel, handelte es sich doch um einen Betrieb mit einigen hundert Angestellten."

„Eine immense Verantwortung."

„Absolut! Ehrlich gesagt zweifelte ich anfangs, ob ich der Aufgabe gewachsen bin. Mein Vater akzeptierte solche Gedanken nicht und übte massiven Druck aus. Ich hatte keine Wahl."

„Hat man nicht immer eine Wahl?", warf Evita ein.

Pascal zog die Stirn in Falten. „Mag sein, aber der vorgezeichnete Weg war für mich alternativlos. Bald fand ich richtig Gefallen an der Aussicht, wichtige Entscheidungen zu treffen, mit großen Geldsummen zu arbeiten und ein Unternehmen zu gestalten, wie ich es für angemessen hielt."

„Gefallen daran, Macht ausüben zu können?"

„Auch das."

„Und die Familie kam zu kurz?"

„Viel zu kurz, weil ich total auf die bevorstehende Aufgabe fixiert war. In meinem Kopf entstand ein Plan für die umfassende Neuausrichtung der Firma."

„Wie hat sich deine Frau verhalten?"

„Zuerst loyal. Als ich aber immer seltener zu Hause war, gab es oft Streit. Nach der Übernahme des Chefpostens gab es offizielle Termine, zu denen sie mich anfangs begleitete. Das lag ihr jedoch überhaupt nicht."

„In den Medien stand, du wärst immer in weiblicher Begleitung erschienen ... selten mit der gleichen Person."

Pascal lehnte sich zurück und schloss die Augen. „Lass uns für heute aufhören."

Evita und Pascal hatten an einem ruhigen Tisch im Klinik Café Platz genommen. „Willst du mir von deinem Sohn erzählen?"

„Es galt als ausgemachte Sache, dass Roman, wie ich, beizeiten in das Unternehmen einsteigt und mich später beerbt. Seine angeblichen Pläne, Maler zu werden, waren in meinen Augen reine Spinnerei. Als er dann tatsächlich ein Kunststudium begann, war ich dermaßen außer mir, dass ich ihm jegliche finanzielle Unterstützung gestrichen habe. Er wird zur Vernunft kommen, wenn ihm das Geld ausgeht, dachte ich damals. Aber irgendwie hat er es geschafft, mit Hilfe eines Mädchens, das bei ihm eingezogen ist. Laura hat ihn wohl auch heimlich unterstützt."

„Du hast also deinen Sohn fallengelassen, weil er nicht den von dir vorgesehenen Weg beschreiten wollte?"

Pascal massierte sich die Schläfen mit Daumen und Zeigefinger und sah Evita mit feuchten Augen an. „Schäbig, nicht wahr?"

„Wie ging es weiter?"

„Roman hatte anscheinend Talent. Zum Ende des Studiums konnte er einige Bilder in Galerien ausstellen. Nach dem Abschluss bekam er sogar die Chance auf eine Vernissage nur mit eigenen Gemälden."

„Bemerkenswert, wie lief die Präsentation?"

Nervös knetete Pascal seine Finger. „Ein Desaster."

„Warum das?"

„Das Scheitern war kein Zufall."

„Hat etwa jemand nachgeholfen?"

„Evita", begann er „ich habe versprochen, ehrlich zu sein, alles offen zu legen, damit ich mein verkorkstes früheres Leben hinter mir lassen kann. Aber ich bitte dich, nicht jedes Detail für das Buch zu verwenden."

Die nickte verständnisvoll. „Ich werde nur das schreiben, was du freigibst – das verspreche ich dir. Soll das heißen, *du* hast die Veranstaltung torpediert?"

„Ich sage nur so viel: Roman hat den Kontakt zu mir danach abgebrochen."

„Wie hat Laura reagiert?"

„Es brachte das Fass endgültig zum Überlaufen. Im Nachhinein frage ich mich, wie sie es so lange mit mir ausgehalten hat."

Kopfschüttelnd legte Evita den Block beiseite. „Jetzt brauche *ich* eine Pause.

„Unser gemeinsamer Patient macht bemerkenswerte Fortschritte. Er ist eifrig bei der Sache." Im Pausenraum schenkte Asil einen Kaffee ein. „Willst du auch einen?"

Silvia winkte ab. „Er verändert sich auf unerwartete Weise zum Positiven. Hätte nicht gedacht, dass das mal aus meinem Mund kommt. Stell dir vor, er grüßt mich jetzt immer ganz freundlich, wenn wir uns begegnen."

„Erstaunlich für einen ehemaligen Widerling. Mir ist zwar schleierhaft, warum er sich auf diese Amateur-Autorin eingelassen hat, aber sie scheint wahre Wunder zu bewirken."

„Weißt du mehr über sie? Gibt es Veröffentlichungen von ihr? "

„Ich habe keine Ahnung, was sie früher gemacht hat. Die Biografie, die sie da schreibt, ist anscheinend ihre erste große

Arbeit. Egal", resümierte Asil, „Hauptsache, sie tut ihm gut. Apropos, Lachner kommt noch fast jeden Tag hierher, obwohl ihre Behandlung längst abgeschlossen ist. Rate mal, was sie mir nebenbei erzählt hat?"

Silvia zuckte mit den Schultern.

„Nach der Reha will sie mit ihm in Urlaub fahren und ihr Buch fertig schreiben."

„Wer hätte das gedacht, da haben sich die zwei Richtigen gefunden."

„Wie gefällt es dir?" Evita sah Pascal gespannt von der Seite an. Beide standen auf einem Holzsteg, der in einen kleinen Waldsee ragte. Den Blick in unbestimmte Fernen gerichtet, genoss er die letzten Sonnenstrahlen, die durch das übriggebliebene Herbstlaub der Bäume fielen. Das Schilf um sie herum flüsterte geheimnisvoll. Hinter ihnen gab der abkühlende Motor ihres Wagens knackende Geräusche von sich.

Pascal drehte sich um und zeigte mit dem Gehstock auf ein Holzhaus am Waldrand. „Da drin sollen wir zwei Wochen wohnen, ohne Fernsehen, ohne Internet? Ich bin Besseres gewohnt!" Er verzog das Gesicht und sah Evita empört an. Dann begann er schallend zu lachen.

„Es ist perfekt", brachte er hervor, als er sich wieder gefangen hatte, „die Ruhe ist herrlich. Ich konnte diese verdammte Klinik nicht mehr sehen. Endlich darf ich ausschlafen!"

„Und Asil wird dir nicht fehlen?", feixte sie.

„Mein alter Freund Asil? Der ist bestimmt froh, mich los zu sein." Versonnen ließ er den Blick schweifen. „Als Roman ein Kind war, bin ich mit ihm gerne an einen nahe gelegenen See gefahren. Wir sind stundenlang am Ufer gesessen, haben uns unterhalten oder nur Tiere beobachtet. Das ist leider lange her."

Evita nahm sein Gesicht in ihre Hände und sah ihn eindringlich an. „Ich sage es dir noch einmal. Mein einziger Wunsch ist es, dich zu einem glücklichen Menschen zu machen, der nie mehr an Selbstmord denkt. Und morgen erwartet dich eine Überraschung. Immerhin haben wir

Handy-Empfang." Sie zückte ihr Smartphone und knipste ein Selfie, auf dem sie beide um die Wette strahlten. „Lass uns auspacken."

Er hob den Gehstock. „Aber damit kann ich keine großen Sprünge machen."

„Du sollst nicht springen, sondern gesund werden, nun komm endlich."

„Du hast was?" Pascal ließ das Frühstücks-
brot fallen.

Draußen stieg die Sonne so behäbig hinter den Bäumen auf, als müsste sie erst die
Schwerkraft überwinden. Durch das
schmale, waagerechte Fenster über seinem Kopf zauberten ihre Strahlen helle
Lichtinseln auf den sporadisch mit kleinen
Teppichen belegten Holzboden.

„Ich habe schon vor einiger Zeit Kontakt
mit deinem Sohn aufgenommen", wiederholte Evita. „Am Anfang nur, um Informa-
tionen für mein Buch zu erhalten. Bald
wurde mir jedoch klar, wie sehr auch er
unter dem Bruch mit dir leidet."

„Was willst du mir damit sagen?"

„Er ist bereit für eine Versöhnung." Zur
Bestätigung hielt sie ihm ihr Smartphone
hin. Darauf ein Bild von Roman bei einem
ihrer Treffen.

Mit glänzenden Augen sah Pascal Evita an. „Wie ... wann ... ich meine, soll ich ... "

„Du musst dich um nichts kümmern. Dein Sohn kommt heute Nachmittag zu uns, es ist alles arrangiert. Er schickt mir eine Nachricht, wenn er losfährt."

„Wie kann ich dir nur danken."

„Schon gut. Denk daran, was ich dir gestern gesagt habe."

Pascals hatte das Mittagessen nicht ange-
rührt. Er saß in der Eckbank und trom-
melte mit den Fingern auf den massiven
Holztisch. Unentwegt sah er auf seine
Armbanduhr und stemmte sich mühsam
hoch, um aus dem kleinen Fenster hinter
sich zu spähen.

„Geduld, ich sagte doch, er meldet sich."
Endlich gab Evitas Smartphone ein Sig-
nal. „Schau." Sie hielt ihm das Display mit
der Nachricht hin.

*Bin in einer halben Stunde da. Habe alles
dabei. Roman.*

Glücklich sah er Evita an ... und zuckte
zurück. Ihre Augen hatten einen stechen-
den Ausdruck angenommen.

„Jetzt ist die Zeit gekommen", begann
sie in gefährlich leisem Tonfall, „dir die
Wahrheit zu sagen."

„Erinnerst du dich nicht an den Namen Lachner?"

„Abgesehen davon, dass es dein Familienname ist ... nein."

„Das habe ich mir gedacht." Sie tigerte vor dem Tisch hin und her wie ein Raubtier im Käfig. Die hölzernen Dielen knarzten deutlich hörbar. „Mein Vater Martin Lachner hatte eine kleine Firma aufgebaut und lieferte Ersatzteile an verschiedene Unternehmen. Auch an eueres."

Pascal zuckte mit den Schultern. „Kann sein, es gab viele Geschäftsbeziehungen."

„Es lief so gut, dass mein Vater beschloss, nur noch für euch zu arbeiten. Ein fataler Fehler! Kaum hattest du das Sagen, wehte ein anderer Wind. Auslaufende Verträge wurden nicht verlängert, die Aufträge auf billigere Anbieter verteilt. Unsere

Firma musste Konkurs anmelden, alle Mit- arbeiter standen auf der Straße. Manche nach jahrzehntelanger Betriebszugehörig- keit. Gebrochen und zu alt, um neu anzu- fangen, verfiel er dem Alkohol. Als er es nicht mehr ertrug, jagte er sich eine Kugel in den Kopf. Sein Todeskampf dauerte elf Tage, bevor er endlich sterben durfte. Meine Mutter war danach nur noch ein Schatten ihrer selbst. Ich nahm sie zu mir, konnte ihren körperlichen und geistigen Verfall aber nicht aufhalten. Ihr Leiden zog sich sechs Monate hin, bis sie Erlösung fand."

Pascal hatte Evitas Ausführungen mit of- fenem Mund zugehört. „Es stimmt, im Zuge der Umstrukturierung mussten harte Entscheidungen getroffen werden, mit De- tails habe ich mich nie beschäftigt. Einen Martin Lachner kenne ich nicht."

Evita zog eine Grimasse, in der Wut und Ekel um den verfügbaren Platz kämpften. „Kein Wunder, mit dem niederen Fußvolk hat sich der gnädige Herr nie abgegeben. Mehrmals bat mein Vater um eine Unterredung. Einmal hat er stundenlang in deinem Vorzimmer gewartet, nur um zu erfahren, dass du wichtigere Termine hast."

Pascals Gedanken liefen kreuz und quer über die Tischplatte, die er pausenlos mit seinen Fingern traktierte. „Es tut mir ehrlich leid, aber ich kann mich beim besten Willen nicht erinnern. Warum erzählst du mir das alles ausgerechnet jetzt, kurz bevor ich Roman wiedersehe?"

Evita stützte beide Hände auf den Tisch und näherte sich Pascals Gesicht mit Augen, die so kalt glänzten, als wäre etwas in ihnen gefroren. „Weil ich dich auf keinen

Fall davonkommen lassen werde!" Sie richtete sich wieder auf. „Nach dem Tod meiner Mutter habe ich mit Genugtuung von deinem Unfall erfahren und inständig gehofft, dass du nicht mehr aus dem Koma erwachen würdest. Leider ist es anders gekommen. Ich konnte nicht zulassen, dass du weiterlebst. Ich beschloss, dich bei einer günstigen Gelegenheit zu töten."

Evita machte eine Pause, um ihre Worte wirken zu lassen – mit Erfolg. Fassungslos sah Pascal sie an.

„Eigentlich hatte ich vor, das auf der Intensivstation zu tun, es ist aber nicht so einfach, dort ungesehen reinzukommen. Also musste ich mich während der Reha an dich heranmachen. Die Idee mit dem Buch hatte ich spontan. Es sollte wie ein Unfall aussehen, schließlich wollte ich nicht ins

Gefängnis. Bald wurde ich aber stutzig. Zurecht, wie sich herausstellte, denn du plantest einen erneuten Selbstmord. Dadurch hätte ich mir zwar die Hände nicht schmutzig machen müssen, aber es wäre auch die Erfüllung deines Wunsches gewesen, deshalb dachte ich um. Meine Genugtuung wäre ungleich größer, wenn du als wieder glücklicher Mensch, der neue Freude am Leben gefunden hat, sterben würdest." Noch einmal machte sie eine Pause und betonte danach jedes einzelne Wort. „Getötet von deinem eigenen Sohn."

Pascals Gedanken rasten. Dann strömte die Anspannung aus ihm heraus wie Luft aus einem zu stark aufgepumpten Ballon. Er begann ... zu lachen. „Ich muss schon sagen, du hast einen eigenartigen Humor." Mit dem Zeigefinger fuchtelte er in ihre Richtung. „Willst du mir allen Ernstes weiß machen, dass du dir *zufälligerweise* zum richtigen Zeitpunkt den Meniskus verletzt hast und dann auch noch *ausgerechnet* in die gleiche Klinik eingewiesen worden bist? Und außerdem, warum sollte mein Sohn mich umbringen wollen. Wir hatten unsere Probleme. Aber hast du nicht selbst gesagt, er möchte die Versöhnung mit mir? Also erzähle mir keinen solchen Blödsinn!" Mit der flachen Hand schlug er auf den Tisch. Vergeblich wartete er auf eine Geste, dass Evita ihre Ausführungen nicht ernst gemeint hatte.

Ihre Miene blieb regungslos. „Fürs Protokoll: Die Beschwerden im Knie plagen mich schon einige Jahre. Es war aber auszuhalten, deshalb habe ich die OP immer wieder hinausgeschoben. *Plötzliche unerträgliche Schmerzen* machten praktischerweise einen kurzfristigen Klinikaufenthalt zum richtigen Zeitpunkt unumgänglich. Da im Umkreis unserer Stadt nur ein geeignetes Krankenhaus mit angegliederter Reha-Abteilung existiert, ergab sich alles Weitere von selbst."

Mit geschlossenen Augen stützte Pascal den Kopf auf die verschränkten Hände, um Ordnung in das Gedankendurcheinander zu bringen. Das Messer in seinem Bauch drehte sich weiter. „Dann hast du Roman auch nicht getroffen, um für ein Buch zu recherchieren, nehme ich an?"

„Ich hatte niemals vor, deine Lebensgeschichte zu schreiben. Nur ein Vorwand, um ins Gespräch zu kommen. In erster Linie ging es mir darum, herauszufinden, wie er zu dir steht. Bald war mir klar, wie sehr er dich hasst. Kein Wunder, hat er mir Dinge geschildert, die du mir bisher verschwiegen hattest."

„Welche Dinge denn?"

„Von dir wusste ich, dass du ihn nicht sehen wolltest, als du wieder bei Bewusstsein warst. Roman hat mir die ganze Geschichte erzählt. Eine Woche nach deinem Erwachen kündete er einen zweiten Besuch an. Du aber hast ihm ausrichten lassen, er solle sich zum Teufel scheren."

Pascal schlug die Hände vors Gesicht. Er schluckte, um dem spärlichen Inhalt seines Magens den Rückweg abzuschneiden, den dieser bereits über die Speiseröhre angetreten hatte. Dabei trat der Adamsapfel hervor wie der Knöchel eines abgewinkelten Fingers. „Ja, verdammt noch mal. Ich war total durcheinander. Nach dem gescheiterten Selbstmord dachte ich nur daran, es erneut zu versuchen. Roman ist sensibel und ich kann mir denken, wie meine Ablehnung auf ihn gewirkt hat ...

aber mich deshalb umbringen zu wollen ... das kann ich mir beim besten Willen nicht vorstellen."

„Menschen haben schon für wesentlich weniger gemordet." Evita beschenkte ihn mit einem mitleidlosen Lächeln. „Es stimmt, er ist feinfühlig und sensibel, das merkt man sofort, wenn man ihn kennen- lernt. Wie empfindsam er tatsächlich ist, das ist dir offensichtlich nicht klar. Eure to- tal verkorkste Familiengeschichte hat ihn extrem mitgenommen. Angefangen mit der langjährigen Demütigung der Mutter durch die zahlreichen außerehelichen Affä- ren bis hin zur Trennung. Die Ablehnung der künstlerischen Laufbahn, die im Eklat um die Vernissage gipfelte. Und schließlich das Aus der Beziehung mit seiner großen Liebe. Mit gezielten Bemerkungen konnte ich im Übrigen seinen Verdacht bestärken, dass du auch dafür verantwortlich bist."

„Du Miststück ... aber damit kommst du nicht durch. Ich werde mit Roman reden und ihm sagen, wie leid mir alles tut, ich ..."

„Zu spät!" Die zwei Wörter wirkten wie ein rechter Haken. „Ich bin noch nicht fertig. Nachdem Roman trotz der Gemeinheiten deinerseits *zweimal* Kontakt mit dir aufnehmen wollte, und er beide Male eine tiefe Enttäuschung erfahren musste, ging etwas in ihm kaputt. Seitdem ist er in psychologischer Behandlung, d.h. Therapie und Psychopharmaka."

„Oh nein ... das wusste ich nicht."

„Natürlich nicht, wie denn auch. Auf jeden Fall hat er mir anvertraut, dass er Mordabsichten hat. Was für eine unerwartete Fügung! Ich bot ihm an, ein Treffen an einem abgelegenen Ort zu organisieren. Deshalb befinden wir uns heute hier. Denk an die SMS: *habe alles dabei.* Roman wird bald mit einer Waffe eintreffen."

Pascal starrte Evita an, als stünde eine Außerirdische vor ihm. In seinem Kopf tobte eine Keilerei um Gedanken. Er bemerkte eine Uhr an der Wand. Auftrumpfend begann er zu lachen, diesmal allerdings völlig humorlos. „Warum tischst du mir solche Lügen auf. Die halbe Stunde ist vorbei, niemand wird auftauchen."

Ohne auf ihn einzugehen, schlenderte Evita zu einem großen Fenster.

Wenige Augenblicke später hob Pascal lauschend den Kopf. Ein näherkommendes Auto war zu hören. Er stemmte sich hoch und lugte nach draußen. „Romans Wagen", flüsterte er, und versuchte, sich Mut zu machen, „Ich rede mit ihm und kläre alles auf. Ich habe viele Fehler gemacht, aber ich liebe meinen Sohn und bin heute ein anderer Mensch als früher."

„Auch wenn du von nun an nur noch rückwärts läufst, kannst du keine deiner Taten ungeschehen machen."

„Aber es darf doch nicht sein, dass Roman in den Knast wandert, weil er mich tötet." Pascals Gedanken knallten wie Billardkugeln an die Banden seiner Schädeldecke.

„Dazu muss es auch nicht kommen!", zischte sie ihm in rasiermesserscharfem Tonfall entgegen.

Er bemerkte plötzlich eine Pistole in Evitas Hand. Sein Herz hörte einen Moment auf zu schlagen, stolperte, und hämmerte dann wie rasend gegen die Rippen, als wollte es aus einem Käfig ausbrechen.

„Auch ich habe kein Interesse, Romans Leben zu zerstören", fuhr Evita fort, „ich gebe dir die Chance, das zu verhindern."

„Was soll denn das nun wieder heißen?" Pascal ließ die Handfeuerwaffe nicht aus den Augen.

„Mein Vater war leidenschaftlicher Sportschütze. Das ist ein Colt 45, seine Lieblingswaffe. Mit einem solchen Modell hat er Selbstmord verübt. Hier, in diesem Haus, das der letzte uns verbliebene Besitz ist. Sieh her ...!" Sie drehte einen kleinen Teppich um, wodurch ein verwaschener, roter Fleck auf dem Holzboden zum Vorschein kam. „Genau an dieser Stelle hat er sich die Waffe an den Kopf gehalten ... nachdem du seine Existenz zerstört hattest!" Evitas Stimme zitterte. Sie hielt inne, atmete tief durch und sprach ruhig weiter.

„Ich werde diesen Colt mit nur einer Patrone laden und dir damit die Möglichkeit geben, dich selbst zu töten, um deinen Sohn vor der Verurteilung als Mörder zu bewahren. Solltest du auf den Gedanken kommen, mich zu erschießen, dann stelle dir nur mal vor, wie sich die Situation für Roman darstellt, wenn er in dieses Zimmer kommt und mich tot vorfindet. Es würde seine Meinung über dich nur bestärken. Und Flucht ist mit deinem Bein sowieso unmöglich, außerdem führt der einzige Weg nach draußen an ihm vorbei." Wieder sah sie aus dem Fenster. „Schau ..."

Erneut stemmte sich Pascal hoch. Roman, inzwischen ausgestiegen, stand neben dem Wagen und sah unsicher zum Eingang.

Pascals Brustkorb war gefüllt mit schweren Steinen.

Evita hob die Pistole. „Die Polizei wird davon ausgehen, dass du die zufällig im Haus gefunden hast." Sie steckte eine Patrone in den Colt und legte ihn vor Pascal auf den Tisch. Allerdings nicht, ohne vorher alle Teile sorgfältig mit einem Tuch abgewischt zu haben.

„Und du glaubst", versuchte Pascal seinen einzig verbliebenen Trumpf auszuspielen, „dass die Ermittler nicht misstrauisch werden, wenn sie von der Verbindung unserer Väter erfahren?"

Überlegen lächelnd nahm Evita ihm die letzte Hoffnung. „Bei der Befragung behaupte ich, dass ich dir verziehen hätte, obwohl mir dein Verhalten meinem Vater gegenüber bekannt war."

Die Erkenntnis fraß sich brennend heiß wie ätzende Säure in seinen Verstand.

Nicht laut, dafür umso endgültiger fuhr Evita fort. „Ich gehe jetzt hinaus und sage Roman, dass du auf ihn wartest. Und du erfüllst deine Pflicht und kommst seinem Plan zuvor." Sie lächelte zufrieden. „Und führst *mein* Vorhaben aus."

Angst legte sich wie eine hungrige Schlingpflanze um Pascals Herz, seinen Magen, seinen Kopf, stahl ihm die Worte von der Zunge.

Roman betrat die Treppe zum Eingang, als aus dem Haus ein Schuss zu hören war.

Evita stürzte heraus. Schluchzend fiel sie Roman um den Hals. „Es tut mir so leid ... er war doch wieder glücklich ... hatte plötzlich eine Waffe ... ich konnte nichts tun ...“

EPILOG

Die kleine Trauergemeinde stand im strömenden Regen auf dem Friedhof. Nach Roman trat Evita an Pascals Grab. Verstohlen lächelnd warf sie etwas auf den Sarg und ging davon.

Langsam weichte das ausgedruckte Handyfoto, das Pascal und Evita lachend auf dem Steg hinter dem Ferienhaus zeigte, im Regen auf.

ENDE

Zeitfracht Medien GmbH
Ferdinand-Jühlke-Straße 7
99095 Erfurt, Deutschland
produktsicherheit@kolibri360.de